PASSEPEUR

LE CIRQUE DES MORTS-DE-RIRE

Créé par
Richard Petit

boomerang

Créé par Richard Petit

Dépôt légal : Bibliothèque et Archives
nationales du Québec, 3e trimestre 2010

ISBN : 978-2-89595-549-8

Imprimé au Canada

Gouvernement du Québec – Programme de crédit d'impôt
pour l'édition de livres – Gestion SODEC

Boomerang éditeur jeunesse remercie la SODEC
pour l'aide accordée à son programme éditorial.

Nous reconnaissons l'aide financière du gouvernement du Canada
par l'entremise du Fonds du livre du Canada (FLC)
pour nos activités d'édition.

edition@boomerangjeunesse.com
www.boomerangjeunesse.com

TU CROIS AVOIR CHOISI CE LIVRE ?
C'EST PLUTÔT CETTE AVENTURE QUI
T'A SÉLECTIONNÉ...

OUI ! Car tu es la seule personne capable de
percer le mystère entourant cette
incroyable découverte...

Parce que ta curiosité n'a d'égal que ton courage, tu
as décidé d'aller tout au fond des choses. Tu es même
prêt à risquer ta vie au nom du savoir. Mais il est vrai
qu'élucider les secrets de cette capsule temporelle
pourrait faire de toi une célébrité planétaire.
Sans compter que, très souvent, les recherches
archéologiques ont mené à la mise au jour
de trésors fabuleux.

RICHE ET CÉLÈBRE !
Voilà pour toi deux bonnes raisons
de partir à l'aventure...
OU À LA MÉSAVENTURE !

TON X-POW

Te lancer tête première dans l'action sans te préparer serait de la pure folie. Alors, vaut mieux parfaire tout d'abord tes connaissances et tes aptitudes.

Pour t'aider dans cette mission périlleuse, tu seras accompagné d'un ami très cher… TON X-POW ! Ce X-pow est un pistolet désintégrateur cool et très puissant. Si ton activité préférée est le bousillage des méchants, tu seras servi. Pour commencer, il faut t'entraîner à t'en servir.

Si tu tournes les pages de ton livre, tu remarqueras, sur les images en bas à gauche, un clown, ton X-pow et le rayon lancé par ton arme. Ce clown représente tous les ennemis que tu vas affronter dans ton aventure. Plus tu t'approches du centre du livre, plus le rayon destructeur se rapproche du clown. JETTE UN COUP D'ŒIL !

Lorsque, dans ton aventure, tu fais face à un ennemi et qu'il t'est demandé d'essayer de le pulvériser avec ton X-pow, mets un signet à la page où tu es rendu, ferme ton livre et rouvre-le en essayant de viser le milieu du livre. Si tu t'arrêtes sur une image semblable à celle-ci,

TU AS RATÉ TON TIR ! Alors, tu dois suivre les instructions du numéro où tu as mis ton signet. Exemple : *Tu as raté ton tir, rends-toi au numéro 27.*

Si tu réussis par contre à t'arrêter sur une des six pages centrales du livre portant cette image,

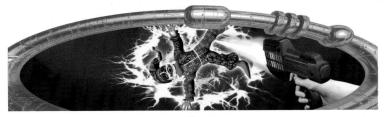

TU AS PULVÉRISÉ TON ENNEMI ! Tu n'as plus qu'à te diriger à l'endroit indiqué dans le texte où tu as mis ton signet. Exemple : *Tu as réussi à pulvériser ton ennemi, rends-toi au numéro 43.*

VAS-Y ! Fais quelques essais…

LES PAGES DU DESTIN

Lorsqu'il t'est demandé de TOURNER LES PAGES DU DESTIN afin de savoir si un monstre va t'attraper, mets un signet à la page où tu es rendu, et fais tourner les pages du livre rapidement. Ensuite, arrête-toi AU HASARD sur l'une d'elles. Sur les pages de droite, il y a trois icônes. Si tu retrouves cette icône-ci sur la page où tu t'es arrêté :

TU T'ES FAIT ATTRAPER ! Alors, tu dois suivre les instructions du numéro où tu as mis ton signet. Exemple : *Le monstre a réussi à t'attraper ! Rends-toi au numéro 16.*

Tu es plutôt tombé sur cette icône-là ?

ALORS, TU AS RÉUSSI À T'ENFUIR ! Tu dois donc suivre les instructions du numéro où tu as mis ton signet. Exemple : *Tu as réussi à t'enfuir ! Rends-toi au numéro 52.*

Lorsqu'il t'est demandé de TOURNER LES PAGES DU DESTIN afin de savoir si un monstre t'a vu, fais la même chose. Tourne les pages et arrête-toi AU HASARD sur l'une d'elles. Si, sur cette page, il y a cette icône-ci :

 LE MONSTRE T'A VU ! Alors, tu dois te rendre au numéro indiqué dans le texte.

Tu es plutôt tombé sur celle-là ?

 IL NE T'A PAS VU ! Rends-toi au numéro correspondant.

Afin de savoir si une porte est verrouillée ou non, fais tourner les pages et si, sur cette page, il y a cette icône-ci :

 LA PORTE EST FERMÉE ! Alors, tu dois te rendre au numéro indiqué dans le texte.

Tu es tombé sur celle-là ?

 ELLE EST OUVERTE ! Rends-toi au numéro correspondant à l'endroit où la porte s'ouvrira.

TA VIE NE TIENT QU'À UN FIL…

Cette vie que tu possèdes pour cette aventure comporte dix points. À chaque coup porté contre toi, elle descendra d'un point. Si jamais elle tombe à zéro, ton aventure sera terminée, et tu devras recommencer au début du livre.

COMMENT TENIR LE COMPTE

Sur cette page se trouve ta ligne de vie. BRICOLAGE OBLIGE ! Tu dois tout d'abord découper les petites lignes pointillées jusqu'au point rouge, et ensuite plier les dix petits rabats pour cacher complètement le squelette.

Lorsqu'il t'arrivera, au cours de ton aventure, de recevoir un coup, tu devras t'enlever un point de vie en dépliant un petit rabat de cette façon.

Et ainsi de suite, chaque fois qu'il t'arrivera malheur, ce sera toujours indiqué.

Si le squelette se retrouve complètement découvert, c'est terminé pour toi. TU DOIS ALORS RECOMMENCER AU DÉBUT DU LIVRE !

RASSURE-TOI ! Tu pourras retrouver partout des élixirs cachés qui augmenteront ta ligne de vie. Si jamais tu en trouves, tu n'auras qu'à plier un petit rabat pour soigner tes blessures.

TOUT EST PRÊT ! Ton arme entre les mains, tu fonces vers l'extérieur de la salle du point de presse du quartier général où l'action t'attend.

Rends-toi au numéro 1.

C'EST ICI QUE DÉBUTE L'AVENTURE QUI SERA RACONTÉE DANS LES SIÈCLES À VENIR...

VOICI LA SITUATION ! À la suite d'un tremblement de terre, une partie de la montagne, située au nord de la ville, s'est affaissée, montrant sur son flanc nouvellement découvert un très ancien château dont personne ne connaissait l'existence. La nouvelle a vite fait les manchettes du monde entier.

Cette méga importante découverte archéologique est cependant en péril ! Oui ! Car, positionné sur une pente très à pic, ce château risque de glisser jusqu'au pied de la montagne et de se transformer en vulgaire tas de pierres lors du prochain tremblement de terre. Lorsque cela se produira, il sera impossible de mettre au jour les mystères et les secrets que renferme la très vieille demeure.

Pour en savoir davantage sur l'histoire de ce château, tu te portes volontaire et montes sans hésiter dans une camionnette avec l'équipe de spécialistes choisis pour cette délicate et périlleuse mission...

... La camionnette vous conduit au pied de la montagne, au numéro 6.

2

11

13

17

14

4

Tu prends une grande inspiration et
tu te diriges au numéro inscrit
à l'endroit que tu désires
explorer…

Tu as tellement zigzagué d'une pièce à l'autre que tu n'as pas la moindre idée de l'endroit où tu te trouves ! Devant toi, deux voies s'offrent à toi.

Rends-toi au numéro inscrit sur le passage par lequel tu penses pouvoir semer le fantôme.

4 La surface des douves est agitée par des vagues, ce qui te laisse croire qu'il y a de gros poissons affamés qui nagent dans ces eaux sales et malodorantes. Sur le qui-vive, tu prends quelques photos. Après cela, tu tentes de t'éloigner, mais un long tentacule émerge de l'eau et te saisit la cheville avant que tu aies le temps de réagir. Les deux pieds en l'air, la tête en bas, tu gigotes comme un poisson pris au bout d'une ligne de pêcheur. Mais où t'emporte cette créature ? Au-dessus de l'eau, tu aperçois ta destination... UNE IMMENSE BOUCHE PLEINE DE DENTS !

Rapide, tu dégaines ton X-pow et tu tires...

Mets un signet à cette page, ferme ton livre et essaie de l'ouvrir en visant bien le centre.

Si tu rates ton tir, va au numéro 24.

Si tu réussis à atteindre la créature avec ton arme, rends-toi au numéro 29.

5 Partout autour de toi, les grosses pierres qui roulent risquent de t'écraser à tout moment. Derrière, comme vous l'aviez craint, le château s'écroule sur le flanc. Tu n'oses pas regarder le spectacle, de peur de te faire écrabouiller par les débris qui volent partout. Ce n'est que lorsque le sol s'arrête de bouger que le calme revient autour de la montagne.

Tu te rends alors au point de rendez-vous mentionné par ton chef, au numéro 8.

6 VOICI LES ORDRES DU CHEF DE L'EXPÉDITION : Pas le temps d'échafauder un quelconque plan ! Partez dans la direction que vous désirez ! Rapportez le plus d'objets anciens que vous pouvez ! Prenez des centaines de photos ! Faites vite ! Il est impossible de savoir quand surviendra le prochain tremblement de terre. À la moindre secousse du sol, QUITTEZ LE CHÂTEAU ! VITE !

Rends-toi au numéro 2.

7 Ton cœur bat la chamade. Tu voudrais retourner sur tes pas, mais ton insatiable curiosité te pousse à entrer dans cette tour. Pour ouvrir la porte, tu dois cependant manœuvrer une curieuse poignée en forme de main.

Si tu décides d'y entrer tout de même, prends la main au numéro 15.

Tu peux aussi rebrousser chemin et choisir une autre voie au numéro 2.

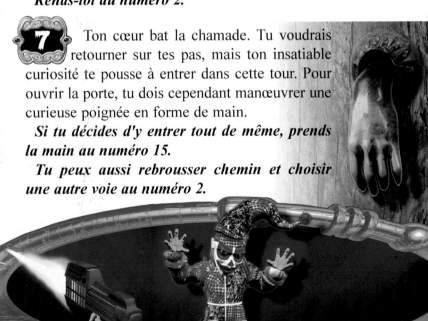

8 Au lieu de rencontre, une grande déception vous attend : dans cette aventure, vous devez déplorer la perte de trois membres de votre expédition. Toi, dans la débandade pour sauver ta vie, tu as perdu ton appareil photo, donc tu n'as pas une seule image de ce que tu as vu… NI DU FANTÔME ! ZUT DE ZUT !

Pour le reste de l'équipe, idem. Presque rien, à part une boîte temporelle très rouillée trouvée derrière un faux mur du château. Autrefois, les gens mettaient dans des boîtes métalliques des objets de leur époque afin de les montrer à des générations futures. Que peut bien cacher celle-ci ?

Vous l'ouvrez ! À l'intérieur, il n'y a pas de bijoux, pas d'argent. Il n'y a que des babioles sans importance, une tasse ancienne, une petite bouteille de parfum, vide. Quelques pièces de monnaie de bronze sans valeur et des articles de journaux.

Vous décidez de partager entre vous ces reliques du passé, pour que chacun rapporte au moins un souvenir. Toi, tu hérites d'un billet d'entrée pour un cirque. Tout le monde se met à rire lorsque tu le reçois. Tu examines le billet et remarques une chose étonnante : sur celui-ci, il y a la date de la représentation… ET C'EST AUJOURD'HUI !

Tu te rends au numéro 16.

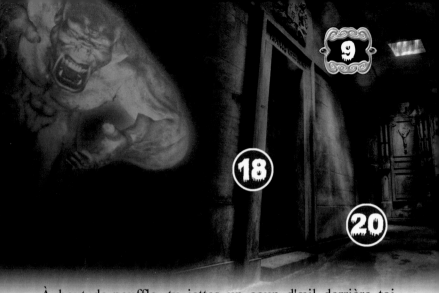

18

20

À bout de souffle, tu jettes un coup d'œil derrière toi. NOOON ! Il est toujours à tes trousses. Bras tendus ! Prêt à te saisir et à t'emporter pour l'éternité, dans les profondeurs lugubres et sombres du château.

Devant toi, il y a deux autres voies… CHOISIS !

10 À l'intérieur, tu découvres un endroit délabré, en total désordre, où se mêlent des odeurs infectes. OUI ! Comme ta chambre. Tu franchis pièce après pièce, en prenant soin de tout photographier. Tu es ici en tant qu'archéologue, après tout : meubles vermoulus, tapis moisis, peintures luisantes couvertes de champignons… TOUT ! Dans une espèce de grenier poussiéreux, tu découvres un coffre.

Avec l'espoir d'avoir trouvé un trésor, tu l'ouvres sans hésiter au numéro 22.

11

La seule façon de te rendre à cette tour, c'est par la forêt au pied de la montagne. À peine as-tu avancé quelques mètres dans sa direction, qu'une voix caverneuse se fait entendre.

—JE VAIS T'APPRENDRE À PIÉTINER MES RACINES !

Devant toi, un arbre prend vie et te saisit avec l'une de ses branches. Tu te débats comme tu peux, mais rien à faire. Tes muscles ne peuvent rien contre du bois solide. L'arbre te fait tournoyer autour de sa cime…

… et t'expédie à ton point de départ, au numéro 2, avec trois points de vie en moins.

12

25

23

Tu tournes la tête derrière toi. NOOON ! Le fantôme gagne du terrain et se rapproche dangereusement.

VITE ! Il y a deux autres voies… CHOISIS !

Ce moulin semble s'être arrêté il y a des siècles. Alors que tu gravis les marches du long escalier qui y mène, ta route est coupée par une créature directement sortie d'une autre époque. Mieux vaut ne pas tenter d'établir un dialogue avec quelque chose qui te regarde avec appétit. Alors que tu tentes de décamper, elle se lance à ta poursuite.

Va-t-elle parvenir à t'attraper ? Pour le savoir…

TOURNE LES PAGES DU DESTIN !

Si elle t'attrape, va au numéro 21.

Si tu réussis à t'enfuir, cours jusqu'au numéro 28.

14 Après avoir escaladé une paroi abrupte et dangereuse, tu parviens à atteindre un petit monticule qui débouche sur l'entrée de cette ancienne construction qui servait autrefois de poste de défense au château principal. De défense contre qui ? Ou quoi ? te demandes-tu. L'histoire de votre ville ne fait pourtant mention d'aucune guerre sanglante. La réponse ne se fait pas attendre : alors que tu observes au loin deux de tes confrères affairés à prendre des photos des douves, l'un d'eux est soudain saisi par une créature sortie de l'eau. Lorsque le second tente de déguerpir, deux autres créatures jaillissent dans un grand remous et le saisissent à leur tour pour le tirer lui aussi au tréfonds des eaux verdâtres.

Rends-toi au numéro 7.

15 Tu fermes les yeux et tu prends l'effroyable main qui pend devant toi. La sensation de cette main froide dans la tienne te dégoûte. On dirait une main de mort sortie tout droit du sol d'un cimetière. Tu tires ! Rien ne se passe. Tu tournes ! Toujours rien. Tu te mets alors à la secouer comme lorsque tu félicites quelqu'un. Aussitôt, un long grincement se fait entendre et la porte s'ouvre…

CRRRRRRRRIIIII !

Est-ce un signe ? Est-ce que quelqu'un te félicite d'être sur la bonne voie ?…

Tu entres par le numéro 10.

16 Figé d'étonnement, tu regardes le billet d'entrée. Comment est-ce possible ? Quelle coïncidence que ce billet caché depuis plus de cent ans ait été trouvé le jour même de la représentation pour laquelle il a été imprimé.

Pendant que tu réfléchis, tous les autres partent en direction de la camionnette qui les ramènera chez eux. C'est vrai qu'il se fait tard, et il est temps de rentrer. Tu examines le billet : et si toute cette histoire, le tremblement de terre, l'apparition du château, ta présence parmi ce groupe, avait été minutieusement préparée par une quelconque force dans le but ultime de te faire parvenir, oui à toi ! ce billet insolite d'un cirque tout aussi insolite…

LE CIRQUE DES MORTS-DE-RIRE ?

Poussé par la curiosité, tu te caches derrière un arbre jusqu'à ce que le véhicule disparaisse, parce que, toi, tu vas tenter d'élucider ce mystère…

Va au numéro 19.

17 Lorsque tu poses le pied sur l'une des pierres du parvis pour te rendre au château, tu t'enfonces jusqu'au genou. Tu voudrais retirer ton pied, mais il s'enfonce encore plus. OH NON ! Cet escalier a été construit avec des pierres mouvantes. Comme dans du sable mouvant, tu es maintenant englouti jusqu'à la taille.

Au bout de quelques secondes, tu disparais complètement. Incapable de respirer, dans la noirceur complète. Tu te sens glisser jusqu'au numéro 2, avec quatre points de vie en moins. Mais en vie, tout de même.

18 AH NON ! Une impasse. Et dans cette impasse, qui t'attend ? LE FANTÔME ! En l'apercevant, tu trébuches à cause d'une planche et tu te blesses.

*(**Enlève deux points à ta ligne de vie.**)*

Tu te relèves et tu retournes au numéro 3 afin de choisir une autre voie.

19 **VROOOUUUM !** Perdu dans tes pensées, tu fixes la camionnette qui s'éloigne au loin.

— Mais où se trouve ce cirque, au fait ?

Tu regardes au verso du billet… RIEN !

Tu balaies les alentours du regard et aperçois quelque chose de coloré qui brille entre les arbres. Tu te frottes les yeux avec tes poings. COMME C'EST ÉTRANGE !

Une auto tamponneuse comme on en voit dans les foires et les parcs d'attractions… QUI SEMBLE ALLER DIRECTEMENT DANS UNE FORÊT ? Se pourrait-il que cette auto te conduise tout droit au cirque ? Tu penses que oui. Alors, sans hésiter, tu montes à bord. À peine es-tu assis...

... que l'auto tamponneuse se met à avancer entre les arbres au numéro 30.

20 Au bout d'un long corridor, tu aboutis à une lourde porte fermée. Par mesure de précaution, tu pousses le clapet qui cache le trou de serrure pour voir ce qu'il y a de l'autre côté…

… au numéro 27.

21 Tu dévales les marches trois par trois, sans regarder derrière toi. Agile, la créature te talonne et finit par enrouler son long cou autour de toi. Tu voudrais dégainer ton X-pow, mais tes bras sont coincés. La créature te traîne vers le moulin où, de toute évidence, ton aventure va se terminer. Alors que vous êtes sur le point de l'atteindre, une très forte bourrasque de vent fait tout à coup tourner les pales du moulin. Heurté de plein fouet par l'une d'elles, tu es projeté avec la créature sur le sol. Toi, tu n'as rien, mais la créature, elle, gît inerte à tes côtés.

Tu te remets tout de suite sur tes pieds et tu retournes au numéro 2 afin de choisir une autre voie, avec deux points de vie en moins.

22 Après avoir soulevé le couvercle, tu regardes à l'intérieur. AH ZUT ! Il ne contient rien, sauf une curieuse fumée bleutée qui ondule. Apeuré, tu fais un bond en arrière. La fumée émerge de la grande caisse de bois et se modèle en… FANTÔME ! Tu pointes ton appareil photo et tu appuies sur le déclencheur : voilà une preuve que les fantômes existent !

Ensuite, tu tentes de t'enfuir par le numéro 3.
BONNE IDÉE !

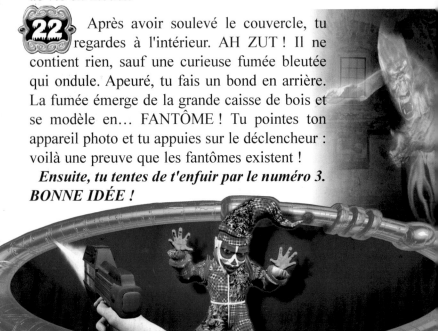

23 Un long corridor en pierres te conduit enfin vers un grand escalier qui descend en colimaçon. VOILÀ LA SORTIE ! Tu t'assois sur la rampe et tu te laisses glisser comme un bambin qui s'amuse. En pleine descente, tu salues de façon moqueuse le fantôme qui, lui, ne peut rivaliser avec ta rapidité. Au pied de l'escalier, tu exécutes un tonneau pour amortir ta chute. Alors que tu te relèves, le sol se met à bouger… UN AUTRE TREMBLEMENT DE TERRE ! BRRRRRRRRRRRR !

VITE ! Dévale la pente de la montagne pour t'éloigner vers le numéro 5.

24 SIOUUUM ! Raté…

Le tentacule de la créature se desserre et tu tombes directement dans sa bouche béante. Dans un geste ultime de désespoir, tu appuies une autre fois sur la gâchette. ZROOOM ! Impossible de rater ce tir, car tu es dans sa bouche ! SPLOOUURB ! La tête de la créature explose. Propulsé sur la rive…

… tu atterris sur le derrière, au numéro 2, en un seul morceau, mais avec trois points de vie en moins. OUF !

25 AH NON ! Le grenier ! C'est une impasse. Mais il y a une fenêtre. Tu y glisses la tête pour vérifier si tu peux t'échapper par là. ZUT ! C'est beaucoup trop haut pour sauter, tu vas te briser TOUS les os du corps si tu te jettes en bas par cette ouverture.

Retourne au numéro 3 et tente de trouver la voie qui te conduira loin du fantôme.

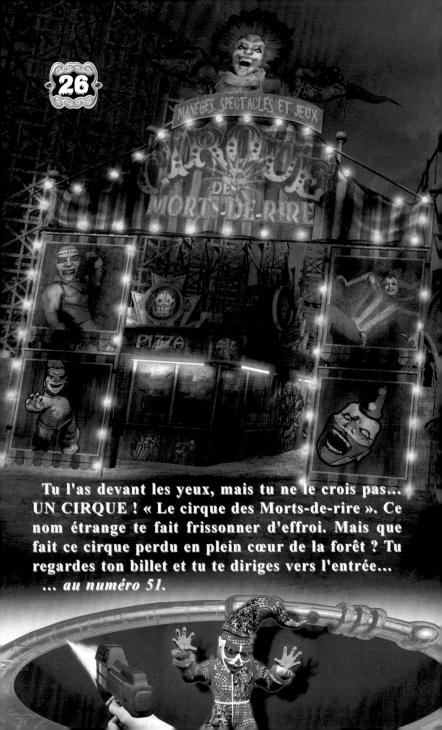

Tu l'as devant les yeux, mais tu ne le crois pas...
UN CIRQUE ! « Le cirque des Morts-de-rire ». Ce
nom étrange te fait frissonner d'effroi. Mais que
fait ce cirque perdu en plein cœur de la forêt ? Tu
regardes ton billet et tu te diriges vers l'entrée...
... *au numéro 51.*

LES PAGES DU DESTIN

27

OUAILLE ! Un œil.

Tu rebrousses chemin rapidement au numéro 3 afin de choisir une voie moins risquée.

28 Rapide comme un guépard, tu dévales les marches. Derrière toi, tu entends la créature rugir sa frustration d'avoir laissé échapper son repas… TOI !

GRAOOUUU !

Finir dans l'estomac d'une telle créature ? C'est complètement inintéressant comme fin d'histoire !

Tu retournes au numéro 2 afin de choisir une voie moins périlleuse.

29 **ZROOOOM !** En plein sur son horrible tête à donner des cauchemars. Le tentacule de la créature laisse ta cheville et tu tombes dans l'eau sale. Frénétique, tu nages jusqu'à la rive pour te sortir de cette grosse soupe dangereuse qui entoure le château.

Tu retournes au numéro 2 afin de choisir une autre voie.

L'auto tamponneuse s'arrête au numéro 26.

31 **SIOUUUM !** Zut ! C'est raté…

De son bras puissant, le loup-garou t'attrape et te jette dans son four. Enfermé dans cet endroit exigu, tu commences à trouver qu'il fait horriblement chaud. (***Enlève un point à ta ligne de vie.***) Avec tes deux pieds, tu tentes d'enfoncer la porte. Mais c'est plutôt l'arrière du four qui cède… VOILÀ AU MOINS UNE SORTIE ! Tu réussis discrètement à sortir du four, mais tu tombes nez à nez avec une dizaine de gros rats qui boulottaient les morceaux de nourriture tombés sur le sol. En t'apercevant, ils ne s'enfuient pas… ILS TE SAUTENT PLUTÔT DESSUS ! AÏE ! (***Enlève deux autres points à ta ligne de vie.***) Tu te relèves et tu parviens à t'éloigner de la bicoque par la porte arrière.

En revenant vers le numéro 35, tu te rends compte qu'il y a un rat qui s'est introduit dans ta poche, AÏE ENCORE ! (Enlève un autre point à ta ligne de vie.)

32 Tu as choisi les autos tamponneuses parce que c'est le manège que tu préfères. Les lumières qui clignotent t'invitent à monter dans l'une d'elles. La tentation est trop forte, et puis pourquoi ne pas t'amuser un peu ? Tu prends place dans une auto bleue, et tu appuies sur l'accélérateur. Après avoir effectué quelques tours de piste en solo, tu trouves moins amusant le fait qu'il n'y ait pas d'autres autos tamponneuses à emboutir.

Lorsque tu appuies sur le frein pour descendre de ton auto et partir, trois personnages très colorés arrivent sur la piste… TROIS CLOWNS ! Tu te rassois…

Cesse de trembler et rends-toi au numéro 36.

33 **ZROOOOM !** En plein dans le mille…

Le loup-garou s'affaisse sur son four chaud. L'odeur des poils qui brûlent atteint tes narines. Est-ce qu'un bon burger à la viande de loup-garou t'intéresse ? NON ! Tu jettes un coup d'œil à l'intérieur de la baraque. POUAH ! Quelle malpropreté ! Parce que la baraque prend en feu, tu quittes les lieux. Les centaines de rats dégoûtants qui infestaient l'endroit se mettent à fuir dans toutes les directions.

Retourne au numéro 35 afin de choisir une autre voie.

34 Devant Esméralda, tu réponds d'une façon décidée… LE PASSÉ !

À l'intérieur de la grande caisse de bois, un mécanisme s'enclenche et la voix résonne à nouveau.

— TU ES TOMBÉ DANS UN PIÈGE ! Trois billets ont été imprimés pour piéger trois chasseurs de monstres. Toi, tu en as reçu un et les deux autres ont été donnés à Marjorie et Jean-Christophe. OUI ! Les fameux Téméraires de l'horreur sont retenus prisonniers ici, dans ce cirque… COMME TOI ! Pourras-tu les délivrer et t'enfuir avec eux ?

Dans la caisse de bois, le mécanisme s'arrête ensuite. Étonné par ce que tu viens d'entendre…

… tu retournes au numéro 35 afin de prendre une autre route.

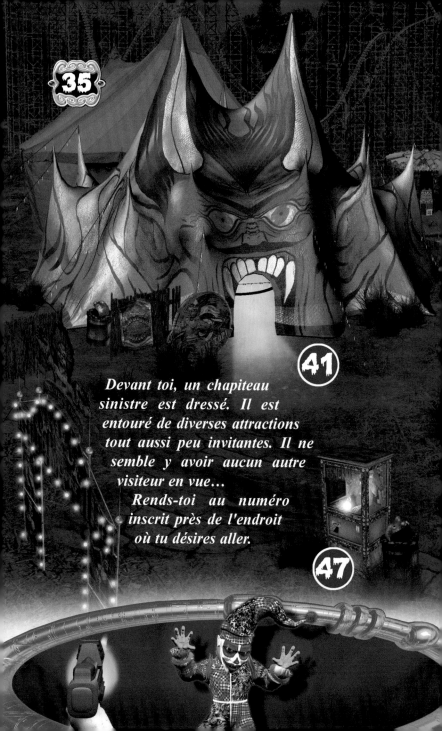

35

41

Devant toi, un chapiteau sinistre est dressé. Il est entouré de diverses attractions tout aussi peu invitantes. Il ne semble y avoir aucun autre visiteur en vue...

Rends-toi au numéro inscrit près de l'endroit où tu désires aller.

47

LES PAGES DU DESTIN

Les trois clowns prennent chacun une auto tamponneuse et foncent vers toi.

De justesse, tu t'écartes de la trajectoire des bolides en furie.

… puis des tonneaux !

L'auto d'un clown fait une embardée…

BROUM ! BROUM ! BROUM !

SVOUUUCH !

Fous de rage, les deux autres clowns roulent à pleins gaz dans des directions opposées dans le but de te prendre en souricière.

Au dernier millième de seconde, tu appuies sur l'accélérateur et...

BRAAAANG !

Sans attendre, tu tournes le volant de ton auto vers la sortie afin de quitter les lieux au plus vite.

Ton auto poussée par l'élan, tu te laisses ramener par elle au numéro 35.

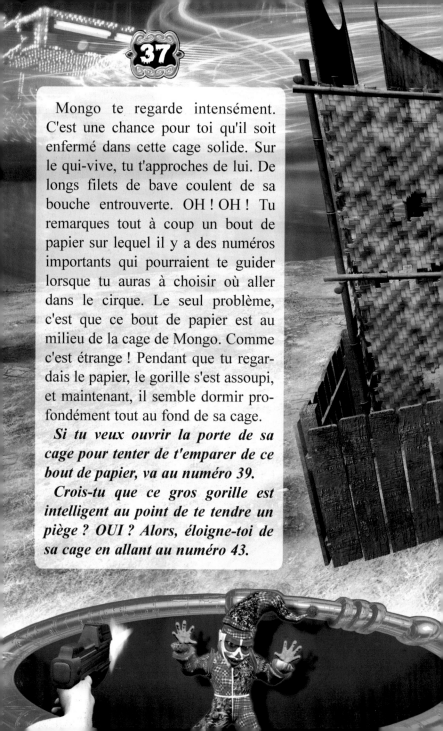

Mongo te regarde intensément. C'est une chance pour toi qu'il soit enfermé dans cette cage solide. Sur le qui-vive, tu t'approches de lui. De longs filets de bave coulent de sa bouche entrouverte. OH ! OH ! Tu remarques tout à coup un bout de papier sur lequel il y a des numéros importants qui pourraient te guider lorsque tu auras à choisir où aller dans le cirque. Le seul problème, c'est que ce bout de papier est au milieu de la cage de Mongo. Comme c'est étrange ! Pendant que tu regardais le papier, le gorille s'est assoupi, et maintenant, il semble dormir profondément tout au fond de sa cage.

Si tu veux ouvrir la porte de sa cage pour tenter de t'emparer de ce bout de papier, va au numéro 39.

Crois-tu que ce gros gorille est intelligent au point de te tendre un piège ? OUI ? Alors, éloigne-toi de sa cage en allant au numéro 43.

38 C'est lorsque tu marches en direction de cette vieille bicoque où l'on vend de la nourriture que tu te demandes pourquoi tu t'y diriges. Ce n'est certes pas par appétit puisque l'endroit t'inspire un profond dégoût. C'est la soif de savoir qui te guide, la soif de savoir ce qu'est cet endroit étrange. Derrière le comptoir, le préposé te tourne le dos. Tu passes tout de même ta commande :

— UN ! Un DOUBLE burger, avec TRIPLE fromage, QUADRUPLE moutarde et QUINTUPLE ketchup, s'il vous plaît.

Il se retourne vers toi et pointe ses deux mains dans ta direction. Ses yeux injectés de sang te fixent entre les poils qui recouvrent en entier son visage. POUAH ! Est-ce un loup-garou ? Ce n'est pas le temps de lui faire passer un test pour en avoir la confirmation. Tu dégaines ton X-pow et tu tires…

Mets un signet à cette page, ferme ton livre et essaie de l'ouvrir en visant bien le centre.

Si tu rates ton tir, va au numéro 31.

Si tu réussis à atteindre ta cible avec ton arme, rends-toi au numéro 33.

39 AH ZUT ! La porte de la cage de Mongo est pourvue d'une serrure. Est-ce que la porte est verrouillée ?

Pour le savoir… TOURNE LES PAGES DU DESTIN ! Mets un signet à cette page, ferme ton livre et ouvre-le au hasard.

Si tu es tombé sur un trou de serrure noir, la porte de la cage de Mongo est verrouillée. Va au numéro 55.

Si tu es tombé sur un trou de serrure blanc, sa porte est déverrouillée ! Ouvre-la au numéro 50.

40 DOMMAGE ! Elle est verrouillée.

Alors que tu essaies de l'ouvrir par la force, tu es foudroyé par une décharge électrique. (*Enlève trois points à ta ligne de vie.*)

Ça t'apprendra à essayer de voler les pièces de madame Esméralda. Ce n'est pas parce qu'elle n'est qu'un simple personnage animatronique que tu peux lui voler ses sous.

Retourne au numéro 35.

41 COMMENT RÉSISTER AU GRAND CHAPITEAU ? Tu sais comme tout le monde que c'est dans ce genre d'endroit magique que se déroulent les plus grandes attractions des cirques. Mais est-ce la même chose pour le cirque des Morts-de-rire ? Tout ce que tu espères, c'est ne pas faire partie du spectacle !

Tu t'arrêtes au seuil de la grande tente, au numéro 45, car le décor de l'entrée… TE DONNE LA CHAIR DE POULE !

LES PAGES DU DESTIN

42 Que cache cette porte ?

Pour savoir si elle est verrouillée … TOURNE LES PAGES DU DESTIN ! Mets un signet à cette page, ferme ton livre et ouvre-le au hasard.

Si tu es tombé sur un trou de serrure noir, la petite porte est verrouillée. Va au numéro 40.

Si tu es tombé sur un trou de serrure blanc, elle est déverrouillée ! Ouvre-la au numéro 46.

43 Tu ne veux pas courir de risque, parce que tu sais que dans les cirques les gens entraînent les animaux à faire toutes sortes de tours pour épater le public, et peut-être que dans ce cirque morbide Mongo a été entraîné à… MANGER LES VISITEURS !

Alors que tu t'éloignes, en marchant à reculons, tu reçois comme une décharge électrique, ZRaaaaaaK ! (*Enlève trois points à ta ligne de vie.*) MAIS QU'EST-CE QUI T'A FAIT ÇA ?

Tourne la tête au numéro 53.

L'attraction de Mongo le gorille est sans doute le secteur le plus dangereux du cirque, alors évite de faire des singeries. *Approche-toi de sa cage au numéro 37.*

45

HIIIIIIIIIII !
On dirait un
visage de diable
voulant te manger.
Même si tu es
intimidé, tu
pénètres dans le
grand chapiteau
par cette
entrée plutôt
inhospitalière…
… au numéro 59.

LES PAGES DU DESTIN

46 Tu ouvres la petite porte et découvres derrière…
UN GROS BONBON !

Au diable les risques ! Tu le déballes et tu te le mets dans la bouche. La chance est avec toi ! En plus d'être MÉGA DÉLICIEUSE, cette sucrerie te permet de récupérer tous les points de ta ligne de vie.

Retourne au numéro 35 et choisis un autre chemin.

47 BON ! Tu ne crois pas du tout à ce genre de truc, mais l'essayer une fois n'est pas coutume. Tu avances alors à pas décidé vers le petit kiosque de madame Esméralda la voyante. Ce n'est que devant la grande boîte de bois que tu constates qu'il n'y a, à l'intérieur, qu'un personnage mécanique. Ça ressemble à une machine à boules. Tu fouilles dans ta poche et tu en ressors quelques pièces que tu introduis sans attendre dans la fente. Aussitôt, une musique funèbre et une voix lointaine se font entendre.

— Veux-tu connaître le passé ? Le présent ? Ou l'avenir ? te demande la voix.

Si tu veux qu'elle te parle du passé, va au numéro 34.

Si tu choisis le présent, rends-toi au numéro 47, oui, le numéro 47.

Tu désires qu'elle te fasse connaître ton avenir ? Va alors au numéro 52.

48 Tu as déjà vu ce genre de pièce d'artillerie. Elle sert à projeter un homme loin dans un filet… UN HOMME BOULET ! Voilà une façon rapide de sortir d'ici ! Tu cours vers le canon, tu allumes la mèche et tu t'introduis à l'intérieur.

BOUUUUM !

Comme un projectile, ton corps déchire la toile du grand chapiteau et arrive au numéro 54.

49 OH ! À l'extrémité de la corde raide, il y a une grande plateforme qui conduit directement à l'extérieur du grand chapiteau. SUPER ! Voilà ta chance de sortir de cet endroit dangereux. Si toutefois tu es capable de marcher sur cette corde sans tomber.

EN ES-TU CAPABLE ?

Pour le savoir, mets un signet à cette page, ferme ton livre Passepeur, et dépose-le debout, dans ta main bien ouverte. Si tu es capable de faire trois pas vers l'avant sans que ton livre Passepeur tombe par terre, eh bien, tu as réussi à traverser la corde raide jusqu'à la plateforme. Va au numéro 65.

Si ton livre est par contre tombé avant que tu aies pu faire trois pas, ZUT ! Tu tombes dans l'arène où t'attendent tous ces clowns méchants. Va au numéro 74.

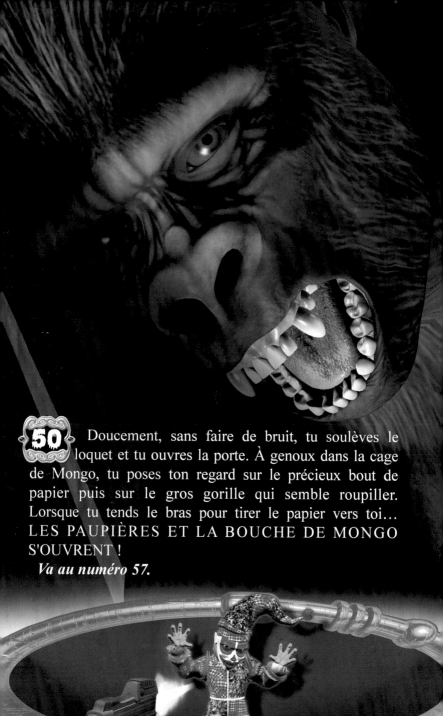

50 Doucement, sans faire de bruit, tu soulèves le loquet et tu ouvres la porte. À genoux dans la cage de Mongo, tu poses ton regard sur le précieux bout de papier puis sur le gros gorille qui semble roupiller. Lorsque tu tends le bras pour tirer le papier vers toi… LES PAUPIÈRES ET LA BOUCHE DE MONGO S'OUVRENT !

Va au numéro 57.

51 Sur tes gardes, tu avances vers la petite cabane colorée. Dans le guichet, tu glisses ton billet. À l'intérieur de la petite construction de planches disjointes, une ombre s'agite. Tu ne peux pas voir de qui ou de quoi il s'agit. Tu sens ton billet te glisser des doigts et disparaître dans la noirceur…

Tu peux maintenant entrer par le numéro 35.

52 Tu te places devant le personnage mécanique et tu lui réponds… LE FUTUR !

À l'intérieur de la grande caisse de bois, le mécanisme s'enclenche et la voix d'Esméralda se fait entendre à nouveau.

— Lorsque tu feras face à une situation critique, qui te semblera sans issue, une banane te sauvera la vie !

Lorsque la voix d'Esméralda s'éteint, tu fixes le personnage mécanique, immobile.

Si cette machine ne t'avait pas parlé d'une situation périlleuse, tu éclaterais de rire. Non mais, une banane va te sauver la vie ???

Juste comme tu voulais rebrousser chemin, tu aperçois une petite porte tout à fait en bas de la machine. Va au numéro 42.

53 Derrière toi se dresse de façon menaçante un sorcier masqué venu tout droit des confins du Congo. Il tend son sceptre magique une deuxième fois vers toi et **ZRaaaaaK !** (*Trois autres points de ta ligne de vie viennent de disparaître.*) Le sorcier pointe encore son sceptre dans ta direction. Instinctivement, tu dégaines ton X-pow et tu tires sans même viser. Le rayon destructeur de ton arme rencontre celui du sceptre du sorcier. La déflagration est telle que tu te retrouves sur le derrière. Son masque de bois en feu, le sorcier disparaît en dansant de souffrance à la recherche sans doute d'une source d'eau.

Tu te relèves et tu quittes le secteur sans tarder. Retourne au numéro 35.

54 **BLang !** AÏE ! Cet atterrissage douloureux t'a fait perdre deux points à ta ligne de vie.

MAIS OÙ ES-TU ? Tu lèves la tête. AH NON ! Tu es tombé dans un wagon de montagnes russes… ET LE WAGON COMMENCE À AVANCER ! Tu pousses avec tes pieds pour ouvrir la porte. Est-elle verrouillée ?

Pour le savoir… TOURNE LES PAGES DU DESTIN ! Mets un signet à cette page, ferme ton livre et ouvre-le au hasard.

Si tu es tombé sur un trou de serrure noir, la porte du wagon est verrouillée. ZUT ! Ta montée s'amorce au numéro 67.

Si tu es tombé sur un trou de serrure blanc, la porte est déverrouillée ! Sors du wagon par le numéro 71.

LES PAGES DU DESTIN

55

La porte de la
cage est verrouillée.
Mongo jette un regard sur le bout
de papier dans sa cage, puis il te lance
un sourire moqueur. Ce grand singe sait
que tu aimerais bien mettre la main sur ce
papier. Tu n'as pas dit ton dernier mot. Tu
penses qu'avec une branche tu pourrais faire
glisser le plan hors de la cage. Lorsque tu tends
le bras pour arracher à un arbre l'une de ses
branches, AÏE ! Quelque chose mord le bout de
ton doigt. (*Enlève un point à ta ligne de vie.*) Tu
es très mal tombé ! C'est un arbre carnivore qui,
à la place des feuilles, POSSÈDE DES
MILLIERS DE PETITES MÂCHOIRES
BOURRÉES DE DENTS POINTUES !
Dans ce secteur, le danger est partout.
Sage décision que de retourner au
numéro 35 afin de choisir une
autre route.

56

Avec ton X-pow, **ZROOOOM !**
tu pulvérises plusieurs barreaux
de l'échelle. Bloqué, le clown au sourire
diabolique est obligé de rebrousser chemin.
Tout à fait en bas, tu sens que tous les autres
clowns magouillent quelque chose. TU DOIS
AGIR VITE !

Évalue la situation au
numéro 49.

Évalue la situation au numéro 49.

LES PAGES DU DESTIN

57 Il tend son long bras poilu en direction de ta main. Va-t-il parvenir à t'attraper ? Pour le savoir…

TOURNE LES PAGES DU DESTIN !
Si Mongo t'attrape, va au numéro 58.
Si tu réussis à t'enfuir, rends-toi au numéro 64.

58 Mongo pose sa main puissante sur la tienne, puis il te tire au fond de la cage. Ton visage heurte douloureusement les barreaux de métal. (***Enlève deux points à ta ligne de vie.***) Comment fuir maintenant, puisque la porte est derrière Mongo ? Tu portes ta main à ta ceinture et constates que ton X-pow n'est plus là. Il est tombé sur le sol lorsque tu as été tiré vers l'intérieur. Mongo te regarde en grognant. Cette rencontre n'augure rien de bon. Lorsqu'il se jette vers toi, tu esquives adroitement l'attaque en passant sous ses jambes pour ensuite sortir. Hors de la cage, tu refermes la porte, **BLANG** ! Et le loquet, CLAC ! Alors que tu ramasses ton X-pow, Mongo passe son bras entre deux barreaux et t'égratigne une épaule. OUCH ! (***Enlève deux autres points à ta ligne de vie.***)

Quitte cet endroit au plus vite et retourne au numéro 35.

59 À l'intérieur, comme partout dans ce cirque, il n'y a personne. Y aura-t-il une représentation ce soir ? JUSTE POUR TOI ? OUI ! Car, lorsque tu t'assois dans l'estrade vide, le maître de cérémonie apparaît au centre de l'arène. Vêtu tout de noir, tel un croquemort, il annonce d'une voix théâtrale le premier spectacle :

— Meeeesdames z'é meeeessieurs ! Voici pour vous Zumbo, l'éléphant zombi, qui vous en fera voir de toutes les couleurs… MAIS SURTOUT DU ROUGE ! DU SANG ! Prenez garde à votre cerveau ! Meeeeeeeesdames z'é meeeessieurs ! ZUMBO !

Et curieusement, le maître de cérémonie pointe dans ta direction avant de quitter l'arène au pas de course.

— Mais pourquoi m'a-t-il montré du doigt ? te demandes-tu alors qu'un barrissement caverneux survient juste derrière toi.

HaaHUUUUURRR !

Tu bondis sur tes jambes.

Tourne la tête au numéro 66 pour voir de quoi il s'agit.

60 Entre les barreaux de la cage sur roues qui file entre les arbres morts, tu observes Zumbo et le tigre zombi qui engagent le combat. À défaut de pouvoir manger ton cerveau, et comme ils sont affamés, ils n'ont pas d'autre choix que de se battre entre eux.

Le cheval s'arrête dans le coin le plus reculé du cirque des Morts-de-rire, au numéro 84.

Tu n'es pas tenté de choisir, mais tu le dois. Tu avances vers le grand cercle en bois… TON CHOIX EST FAIT ! Deux clowns t'attachent sur la grande plaque circulaire. Devant le lanceur de couteaux qui jongle avec ses instruments pointus, tu attends sans pouvoir faire quoi que ce soit. Il s'élance…

SCHIIIIIP ! En un lancer, TROIS lames arrivent vers toi. OÙ SE PLANTERONT-ELLES ?

Pour le déterminer, ferme les yeux et pose le bout de ton index n'importe où sur l'image qui se trouve sur l'autre page. Ton doigt représente l'un des couteaux, et si ton doigt ne touche que le cercle en bois, tu ne perds aucun point de ta ligne de vie. Cependant, si le bout de ton doigt touche le mannequin, qui te représente sur la plaque de bois, enlève deux points à ta ligne de vie. Lorsque tu auras posé trois fois ton doigt sur l'image, trois fois pour les trois couteaux lancés…

… rends-toi au numéro 69.

Si tu es toujours en vie, bien entendu.

LES PAGES DU DESTIN

62 Toujours couché sur le dos, tu observes avec effroi Zumbo qui soulève ses pattes d'en avant dans le but de t'écraser. Vas-tu réussir à t'écarter avant qu'il t'écrabouille avec ses deux lourdes pattes ? Pour le savoir…

TOURNE LES PAGES DU DESTIN !

Si tu réussis à t'enfuir, roule sur toi-même jusqu'au numéro 70.

Si tu es tombé sur une main, Zumbo va probablement t'écraser au numéro 77.

63 NON ! C'est loin d'être un prix, c'est une boîte à… MAUVAISES SURPRISES !

De quel côté plongeras-tu vers le sol pour éviter d'être blessé par l'explosion de cette bombette ?

Tu veux te coucher sur le sol à la droite de la boîte ? Va au numéro 88.

Tu veux t'étendre sur le sol à la gauche de la boîte ? Rends-toi au numéro 87.

64 Rapide, tu enlèves ta main et refermes la porte de la cage de Mongo. **BLANG !** Mécontent, le gorille crie de fureur. **GRAAAAOOW !** Tu t'éloignes de sa cage pour examiner le bout de papier.

EN CAS D'URGENCE

35 41

87 91

95

SEULEMENT

Ce papier est à toi maintenant. Tu peux le consulter à tout moment pendant ton aventure. Il te suffit de revenir à ce numéro lorsque tu auras besoin de savoir où aller. Alors, tu dois t'en souvenir ! Retourne maintenant au numéro 35 afin de choisir une autre voie.

LES PAGES DU DESTIN

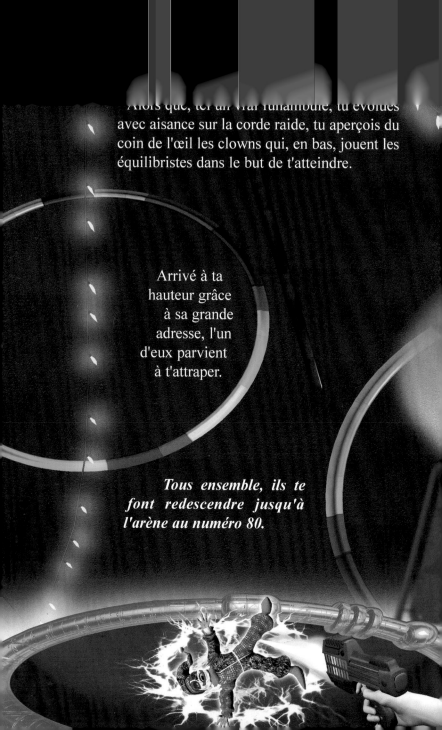

Alors que, tel un vrai funambule, tu évolues avec aisance sur la corde raide, tu aperçois du coin de l'œil les clowns qui, en bas, jouent les équilibristes dans le but de t'atteindre.

Arrivé à ta hauteur grâce à sa grande adresse, l'un d'eux parvient à t'attraper.

Tous ensemble, ils te font redescendre jusqu'à l'arène au numéro 80.

LES PAGES DU DESTIN

66

C'EST ZUMBO ! Il enroule sa trompe autour de ta taille, te soulève et te catapulte au centre de l'arène comme une simple poupée de chiffon.

Rapide malgré sa lourdeur, et malgré l'état de décomposition avancée dans lequel il est, il se retrouve très vite à côté de toi dans l'arène.

Va au numéro 62.

LES PAGES DU DESTIN

67 RIEN À FAIRE ! Elle est solidement verrouillée… Dans une cacophonie de bruits de chaîne et de poulies rouillées, ton wagon amorce sa longue montée. Au sommet le plus élevé de la montagne russe, un « déclic » se fait entendre, DÉCLIC ! Et ton wagon se met à descendre vite, très vite… TRÈS, TRÈS VITE !

Tellement vite que tu peux à peine respirer. (***Enlève un point à ta ligne de vie.***) Dans une courbe raide, ton wagon se balance pendant quelques secondes sur deux roues seulement, puis retombe enfin sur les quatre. Les grincements du bois qui résonnent autour de toi te font réaliser avec horreur que la vieille structure pourrait s'écrouler à tout moment. Devant toi, une portion des rails est tombée. Sans attendre, et sans réfléchir, tu sautes du wagon. Ta chute de plusieurs mètres est amortie par un présentoir rempli de barbe à papa. OUF ! Le corps enfoui dans le gros tas de confiserie ouateuse, tu sors la tête et arrive nez à nez avec le tigre zombi. POUAH, QU'IL SENT MAUVAIS, CE MATOU !

Va te mettre à l'abri dans cette cage sur roues qui se trouve au numéro 79.

LES CLOWNS OUVRENT LA CAGE DU TIGRE ! Le gros félin sort et se place sur son piédestal, pour mieux te… VOIR !

Va au numéro 76.

LES PAGES DU DESTIN

69 Toujours en vie, tu te demandes avec angoisse quelle sera la prochaine attraction que ces clowns fous te feront subir. Autour de toi, ils s'agitent nerveusement. Celui qui jonglait avec des balles te les lance l'une après l'autre sur la tête.

AÏE ! AÏE ! AÏE ! AÏE !

(Enlève un point à ta ligne de vie.)

Un deuxième va allumer un gros pétard coloré. OH ! Tu sens que c'est pour toi, ça aussi. IL FAUT QUE TU SORTES D'ICI AU PLUS VITE !

Au numéro 48, tu aperçois ta chance de, peut-être, t'enfuir d'ici… LE CANON DE L'HOMME BOULET !

70 ZIOUUUUM ! Avec une rapidité dont tu ignorais faire preuve, tu bondis sur tes jambes et tu t'élances vers un trampoline… AVEC UNE IDÉE DERRIÈRE LA TÊTE !

Va au numéro 81.

71 GÉNIAL ! Elle est ouverte.

Juste à la sortie du manège, tu aperçois un kiosque où tu peux acheter des tas de trucs à manger : du maïs soufflé, des chips, des boissons gazeuses… DES BOISSONS GAZEUSES !

C'est fou comme tu as soif, tu y cours. Personne derrière le comptoir, tu te sers donc un grand cola ! GLOUB ! AAAH !

Tous les points de ta ligne de vie sont revenus. OH ! Quelqu'un, ou plutôt quelque chose vient vers toi… LE TIGRE ZOMBI !

Le seul endroit où te mettre à l'abri est une cage sur roues, au numéro 79.

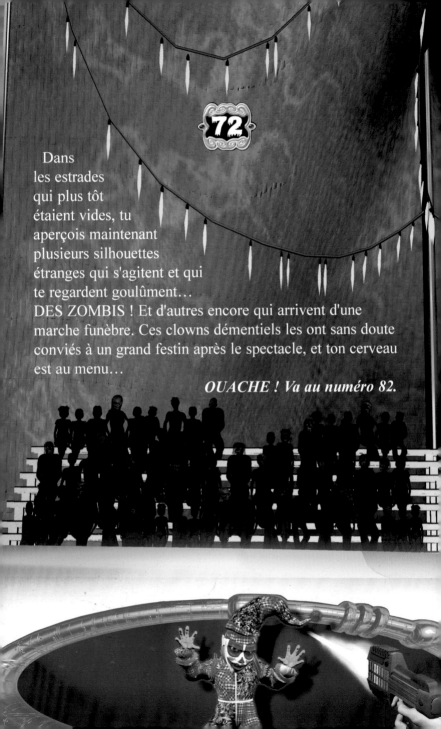

72

Dans
les estrades
qui plus tôt
étaient vides, tu
aperçois maintenant
plusieurs silhouettes
étranges qui s'agitent et qui
te regardent goulûment…
DES ZOMBIS ! Et d'autres encore qui arrivent d'une
marche funèbre. Ces clowns démentiels les ont sans doute
conviés à un grand festin après le spectacle, et ton cerveau
est au menu…

OUACHE ! Va au numéro 82.

Alors que tu avances lentement vers la roulotte, une tête de clown terrifiante apparaît à la fenêtre.
TU TE CACHES DERRIÈRE UN ARBRE !

Seras-tu découvert par le clown ?

Pour le savoir… TOURNE LES PAGES DU DESTIN !

Mets un signet à cette page, ferme ton livre et ouvre-le au hasard.

Si tu tombes sur un œil ouvert, le clown t'a vu. Va au numéro 75.

Si tu t'es arrêté sur un œil fermé, il ne t'a pas vu ! Rends-toi au numéro 86.

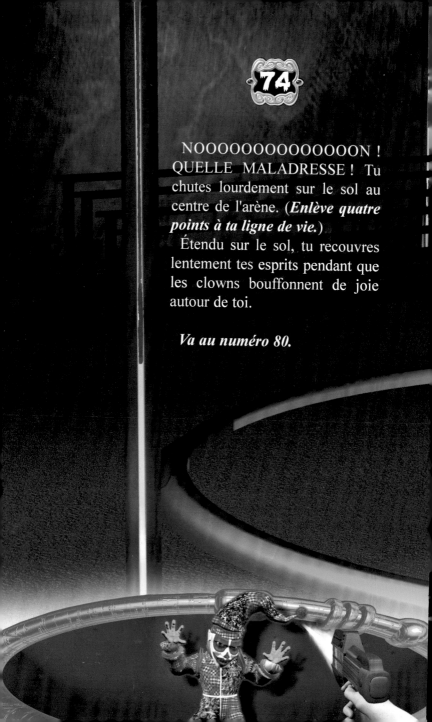

74

NOOOOOOOOOOOOOON ! QUELLE MALADRESSE ! Tu chutes lourdement sur le sol au centre de l'arène. (*Enlève quatre points à ta ligne de vie.*)

Étendu sur le sol, tu recouvres lentement tes esprits pendant que les clowns bouffonnent de joie autour de toi.

Va au numéro 80.

LES PAGES DU DESTIN

75 Après t'avoir dévisagé quelques secondes, le clown rentre la tête dans sa roulotte et lance une autre petite boîte à mauvaises surprises à tes pieds.

De quel côté plongeras-tu cette fois pour éviter d'être blessé par l'explosion ?

Tu veux t'étendre sur le sol à la droite de la boîte ? Va au numéro 91.

Tu veux te lancer sur le sol à la gauche de la boîte ? Rends-toi au numéro 85.

76 Voilà qu'il descend de son piédestal en se pourléchant les babines. Le tigre s'approche et, de chaque côté, les clowns te surveillent. Il n'y a qu'une chance de t'enfuir, c'est de sauter dans l'anneau de feu pour te rendre au canon de l'homme boulet.

Pour savoir si tu réussiras à sauter à travers l'anneau sans te brûler, ferme les yeux et essaie de poser ton doigt au centre de l'anneau, sur l'image de la page à droite. Si le bout de ton doigt touche le feu, OUCH ! Enlève trois points à ta ligne de vie et rends-toi au numéro 48. Si le bout de ton doigt ne touche pas le feu, WOW ! QUEL MERVEILLEUX SAUT TU AS FAIT ! Rends-toi à ce numéro sans t'enlever un seul point.

LES PAGES DU DESTIN

77 Tu tentes de t'écarter de la trajectoire des lourdes pattes de Zumbo, mais **BLAAANG !** l'une d'elles t'effleure un bras et t'égratigne. La pourriture de sa chair en décomposition t'inflige une blessure purulente.

(Enlève deux points à ta ligne de vie.)
Tu te remets vite sur pied pour aller au numéro 81.

78

Après t'avoir regardé méchamment, le clown rentre la tête dans sa roulotte et lance une autre petite boîte devant toi.

De quel côté de la boîte te laisseras-tu choir sur le sol afin d'éviter d'être blessé par l'explosion de cette bombette ?

Tu veux plonger sur le sol à la droite de la boîte ? Rends-toi au numéro 93.

Tu veux te laisser choir sur le sol à la gauche de la boîte ? Va au numéro 95.

À l'intérieur de la cage, tu esquives avec succès les griffes du tigre zombi, jusqu'à ce que se présente Zumbo. L'éléphant a lui aussi, comme tout zombi, la ferme intention de se délecter de ton cerveau juteux. Alors que tu te laisses choir sur le plancher de la cage pour éviter sa trompe, le tigre zombi parvient à te griffer une jambe. (***Enlève deux points à ta ligne de vie.***) Tu te relèves pour t'écarter de lui. Zumbo réussit à enrouler sa trompe autour de ton poignet. D'un geste vif, tu parviens à te dégager. Recroquevillé dans un coin, tu tournes la tête pour éviter d'avoir le bout du nez égratigné par une griffe…

 ÇA VA TRÈS MAL ! Va au numéro 83.

LES PAGES DU DESTIN

80

Le clown-mime s'approche de toi et, au lieu de te parler, il se met à gesticuler furieusement devant toi, sans prononcer un seul mot (c'est ça, un mime). Comme tu ne captes absolument rien de ce qu'il te signifie, le clown décide alors de… TE LE CRIER !

—TOI ! TU RESTES ICI AVEC NOUS ! C'EST LOIN D'ÊTRE TERMINÉ POUR TOI !

Va au numéro 72.

UN TRAMPOLINE ! OUI ! À l'école, tu as déjà gagné une médaille au trampoline. ALORS VITE ! Zumbo l'éléphant zombi fonce vers toi. Sur le trampoline, tu sautes une fois, deux fois… TROIS FOIS ! Te voilà catapulté haut dans les airs, jusqu'au sommet d'une longue échelle qui aboutit à la corde raide des funambules. En sécurité, tu observes Zumbo qui rage plusieurs mètres en dessous de toi. Tout à coup, plusieurs clowns apparaissent dans l'arène. L'un d'eux se jette aussitôt sur l'échelle et entreprend de la gravir. Son sourire diabolique trahit ses intentions… IL VEUT TE FAIRE TOMBER !

Tu te rends au numéro 56.

Dans l'arène, les clowns préparent deux attractions afin que tu puisses choisir à laquelle tu participeras.

La victime du lanceur de couteaux, au numéro 61.

La confrontation avec le tigre, au numéro 68.

Rends-toi au numéro de celle que tu auras choisie.

LES PAGES DU DESTIN

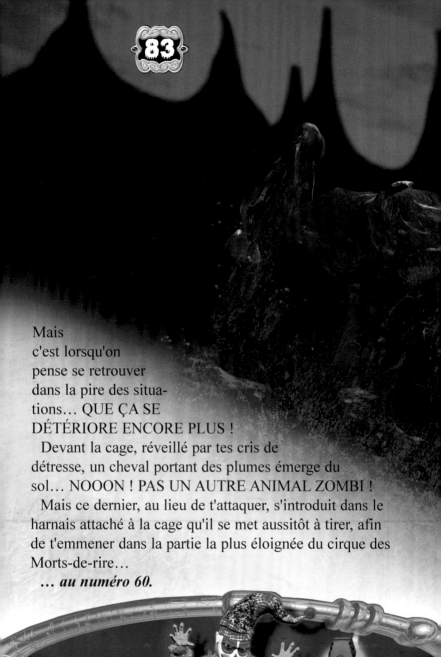

Mais
c'est lorsqu'on
pense se retrouver
dans la pire des situa-
tions… QUE ÇA SE
DÉTÉRIORE ENCORE PLUS !

Devant la cage, réveillé par tes cris de
détresse, un cheval portant des plumes émerge du
sol… NOOON ! PAS UN AUTRE ANIMAL ZOMBI !

Mais ce dernier, au lieu de t'attaquer, s'introduit dans le
harnais attaché à la cage qu'il se met aussitôt à tirer, afin
de t'emmener dans la partie la plus éloignée du cirque des
Morts-de-rire…

… au numéro 60.

LES PAGES DU DESTIN

Tu ouvres la porte et tu sors de la cage pour voir où t'a conduit cette carriole funèbre. Devant toi, dans une clairière lugubre, trône une roulotte solitaire. Après avoir joué à des tonnes de jeux vidéo, tu sais très bien où tu viens d'aboutir. Cet endroit est comme le dernier niveau d'un jeu vidéo… C'EST ICI QUE TOUT VA SE DÉCIDER ! OUI ! C'est ici que va se dérouler la confrontation finale, MAIS CONTRE QUI ?

Avant que tu aies pu faire un seul pas, une sorte de petite boîte multicolore lancée de la roulotte atterrit à tes pieds. Tu te penches vers la petite boîte colorée. Est-ce un cadeau ? Est-ce un prix, comme les toutous en peluche que l'on reçoit dans les jeux d'adresse des parcs d'attractions ? Pour avoir survécu à toutes les épreuves du cirque des Morts-de-rire, toi, tu en mériterais un gros !

Va voir ce que c'est au numéro 63.

85 La bombette explose ! **BOUUUUUUUM !** AÏE ! Tu as choisi le mauvais côté. L'explosion vient de t'infliger une sérieuse blessure. (***Enlève trois points à ta ligne de vie.***)

Tu te diriges ensuite vers la roulotte au numéro 86.

86 Alors que tu approches davantage de la roulotte, la tête terrifiante du clown apparaît encore à la fenêtre. Tu te caches cette fois-ci derrière une grosse roche. Seras-tu découvert par le clown ?

Pour le savoir… TOURNE LES PAGES DU DESTIN !
Mets un signet à cette page, ferme ton livre et ouvre-le au hasard.

Si tu tombes sur un œil ouvert, le clown t'a vu. Va au numéro 78.

Si tu t'es arrêté sur un œil fermé, il ne t'a pas vu ! OUF ! Rends-toi au numéro 97.

87 La bombette explose ! **BOUUUUUUUM !** Ouf ! L'explosion ne t'a infligé aucune blessure, tu as choisi le bon côté.

Tu te relèves au numéro 73.

88 La bombette explose ! **BOUUUUUUUM !** Tu as choisi le mauvais côté. L'explosion vient de t'infliger une sérieuse blessure. (*Enlève trois points à ta ligne de vie.*)

Tu titubes jusqu'au numéro 73.

89 BRAVO ! Aucun endroit dans cette aventure ne fait référence à ce numéro-ci. Si tu le lis, c'est que tu viens de trouver la « *WARP ZONE* ». *Tu es maintenant projeté au numéro 97, à la toute fin de ton aventure.*

90 Ayant très peu de temps pour agir, tu t'élances dans le secteur du grand gorille. Arrivé là, tu remarques aussitôt la grande cage de Mongo… VIDE ! OH ! OH !

Sans bouger la tête, tu regardes à gauche, puis à droite. Le grand gorille n'est pas là parce que… IL EST JUSTE DERRIÈRE TOI !

TU SURSAUTES DE PEUR !

Mongo grogne en tapant très fort sur son torse, car il sait qu'il t'a enfin attrapé. Au-dessus de sa tête poilue, loin derrière lui, tu aperçois la grande roue sur le point d'entrer en collision avec les montagnes russes. Tu baisses les yeux et remarques que ton X-pow est tombé de ta ceinture, probablement lorsque tu courais tantôt. Il ne te reste qu'une seule chose à faire… HURLER LE PLUS FORT QUE TU PEUX !

Va au numéro 92.

LES PAGES DU DESTIN

91 La bombette explose ! **BOUUUUUUUM !** Ouf ! L'explosion ne t'a infligé aucune blessure, tu as choisi le bon côté.

Tu peux aller au numéro 86.

92 — YAAAAAAAAAAAH !

Apeuré par ton hurlement terrifiant, Mongo se met à pleurnicher devant toi. Désolé, tu caresses sa tête enfouie entre ses deux épaules. Triste, il te regarde maintenant de ses grands yeux affectueux.

Décidé à mettre à profit cette nouvelle amitié, tu lui montres la voiture en forme de banane et tu pointes la grande roue derrière lui. Mongo se retourne et, au même instant, Marjorie et Jean-Christophe hurlent de terreur.

Intelligent, Mongo vient de comprendre la situation. Il te prend rapidement, t'assoit dans la curieuse voiture jaune et te pousse jusqu'au plus haut tronçon des montagnes russes. Juste comme tu atteins le sommet, la grande roue s'arrête, puis se met à vaciller… ELLE VA S'ÉCRASER !

Va au numéro 116.

93 La bombette explose ! **BOUUUUUUUM !** Ouf ! L'explosion ne t'a infligé aucune blessure, tu as choisi le bon côté.

Tu avances à pas mesurés vers le numéro 97.

94 TU AS UNE IDÉE ! En roulant sur les rails des montagnes russes à bord d'un wagon, tu pourrais peut-être réussir à sauver tes amis avant que la grande roue s'écroule. Il s'agit d'arriver au moment où la roue entrera en collision avec le grand manège. Les chances sont très minces, mais tu n'as pas d'autres options.

Tu cours très vite vers le grand manège. Arrivé là, CATASTROPHE ! Tu ne trouves plus un seul wagon sur les rails. QUE VAS-TU FAIRE ? Tu te rappelles tout à coup avoir aperçu une curieuse voiture en forme de banane...

... dans le secteur de Mongo le gorille, au numéro 90.

95 La bombette explose ! BOUUUUUUM ! AÏE ! Tu as choisi le mauvais côté. L'explosion vient de t'infliger une sérieuse blessure. (*Enlève trois points à ta ligne de vie.*)

Tu avances vers la roulotte au numéro 97.

96 Tu n'as pas le temps de savourer ta victoire que tu aperçois au loin la grande roue qui vient tout juste de briser son essieu. Elle quitte maintenant sa base et, comme folle, elle zigzague dans le cirque en semant la destruction. Des feux jaillissent de partout sur son sillage. Juste comme elle passe devant toi, tu aperçois tes deux amis Marjorie et Jean-Christophe, attachés l'un à l'autre. Ils ne peuvent quitter le manège. Ils vont périr si tu ne fais rien.

La grande roue se dirige rapidement vers les montagnes russes, où elle va sans doute s'écraser... au numéro 94.

97 Alors que tu approches encore plus de la roulotte, la porte s'ouvre avec grand fracas. Se tenant sur le seuil, la rage aux yeux, le clown braque son regard vers toi, comme un prédateur fixe sa proie. Il soulève son bras en direction du manège de la grande roue. Tu lèves la tête et remarques qu'il y a deux personnes prisonnières de ce manège infernal qui ne semble jamais vouloir s'arrêter. Leurs cris de détresse résonnent dans la nuit. C'est lorsque les deux personnes hurlent ton prénom… QUE TU LES RECONNAIS !

Va au numéro 100.

98 Même si la situation est critique, et peut-être sans heureux dénouement, le fait d'avoir retrouvé tes amis Marjorie et Jean-Christophe te remplit de joie… ET DE POINTS À TA LIGNE DE VIE !

Remets tous tes points à ta ligne de vie, puis rends-toi au numéro 102.

99 Rapide, tu dégaines ton X-pow et tu tires.

Mets un signet à cette page, ferme ton livre et essaie de l'ouvrir en visant bien le centre.

Si tu rates ton coup, va au numéro 104.

Si tu réussis à atteindre le clown, alors rends-toi au numéro 107.

100 — QUOI ! t'écries-tu, éberlué. EST-CE QUE CE SONT VRAIMENT EUX ?

Le clown se tourne vers toi en te souriant de manière perfide.

— Oui ! Ce sont eux, te grommelle-t-il. Ce sont bien tes deux amis Marjorie et Jean-Christophe. Ils sont nos prisonniers depuis maintenant trois ans. Nous avons vite compris qu'il était impossible de faire face aux trois Téméraires de l'horreur en même temps. Alors, nous avons décidé de vous capturer, un à la fois. Toi, tu es le troisième, et le dernier. Tu nous as vraiment donné du fil à retordre, tu sais ? Mais ça en valait la peine puisque, dans quelques minutes, tu iras les rejoindre. Nous pourrons alors nous emparer de Sombreville sans vous avoir dans les pattes. Dans quelques mois, c'est toute la Terre qui tombera sous le joug des créatures du mal.

Et le clown s'esclaffe… MORT DE RIRE !

HAR ! HAR ! HAR ! HAR !

Rends-toi au numéro 98.

101 SIOUUUM ! Tu l'as raté… ENCORE !

Le clown pointe son lanceur atomique de maïs soufflé dans ta direction et tire.

POP ! POP ! POP ! POP ! POP ! POP ! POP !

Tu reçois en pleine figure une avalanche de grains de maïs éclatés. C'EST TROP DOULOUREUX !

Cinq autres points de ta ligne de vie viennent de disparaître. Va au numéro 109.

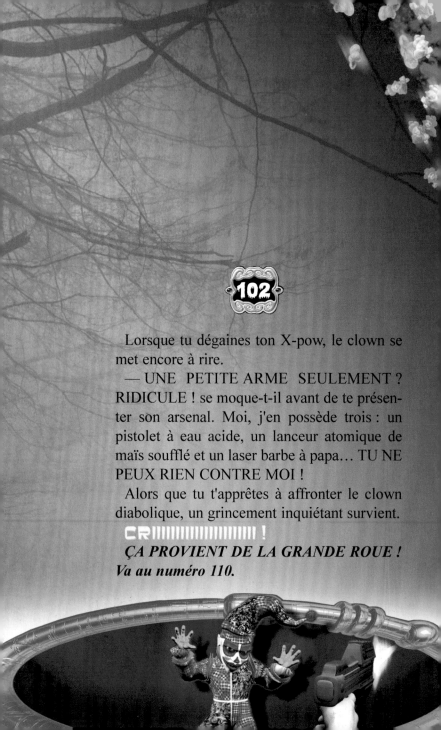

102

Lorsque tu dégaines ton X-pow, le clown se met encore à rire.

— UNE PETITE ARME SEULEMENT ? RIDICULE ! se moque-t-il avant de te présenter son arsenal. Moi, j'en possède trois : un pistolet à eau acide, un lanceur atomique de maïs soufflé et un laser barbe à papa… TU NE PEUX RIEN CONTRE MOI !

Alors que tu t'apprêtes à affronter le clown diabolique, un grincement inquiétant survient.

CRIIIIIIIIIIIIIIIIIIII !

ÇA PROVIENT DE LA GRANDE ROUE !
Va au numéro 110.

LES PAGES DU DESTIN

103 AVEC CE DERNIER TIR, TU AS RAISON DE LUI ! Le clown titube et s'affaisse sur le sol, complètement inerte. TU L'AS EU !

Rends-toi au numéro 96.

104  C'est raté…
Le clown pointe son pistolet vers toi et tire.

L'eau acide te frappe de plein fouet sur le ventre. ÇA BRÛLE !

Cinq points de ta ligne de vie viennent de disparaître d'un seul coup. Tu pointes ton arme et tu tires à nouveau.

Si tu rates encore ton coup, va au numéro 101.

Si tu réussis à atteindre le clown, rends-toi au numéro 106.

105 Tu l'as raté !
Le clown pointe son étrange lanceur atomique de maïs soufflé vers toi et tire.

POP ! POP ! POP ! POP ! **POP !** POP ! POP !

Cinq points de ta ligne de vie viennent de disparaître d'un seul coup. Tu tires encore une fois avec ton arme.

Vise bien le centre de ton livre.

Si tu rates ton coup, va au numéro 108.

Si tu réussis à atteindre ton adversaire, rends-toi au numéro 113.

LES PAGES DU DESTIN

106  **ZROOOOM !** TU L'AS ENFIN TOUCHÉ !

Le clown tombe lourdement sur le sol, puis il se relève, blessé. Tu pointes ton arme et tu tires encore…

Vise avec ton livre...

Si tu rates ton coup, va au numéro 108.

Si tu réussis à l'atteindre une autre fois, rends-toi au numéro 113.

107 **ZROOOOM !** TU L'AS TOUCHÉ AVEC TON PREMIER TIR !

Le clown vacille, tombe sur le sol, puis se relève. Tu tires à nouveau.

Vise encore avec ton livre…

Si tu rates ton coup, rends-toi au numéro 105.

Si tu réussis encore à atteindre le clown, va au numéro 112.

108 **SIOUUUM !** Tu l'as raté…

Le clown pointe son laser barbe à papa vers toi et tire une puissante charge de mousse.

SPLOURB !

Cette attaque t'est fatale…

Cinq points de ta ligne de vie viennent encore de disparaître. Va au numéro 109.

OH ! COMME C'EST ÉTRANGE ! Il fait très, très noir. On dirait que quelqu'un vient de fermer, en même temps, toutes les lumières de la planète...

Les gens qui visitent les foires, les cirques ou les parcs d'attractions reviennent parfois à la maison avec des prix qu'ils ont remportés aux jeux d'adresse : des toutous en peluche très souvent. Toi, tu as gagné autre chose... Un magnifique cercueil, installé dans une fosse, avec... UNE PIERRE TOMBALE ! Au beau milieu du cirque des Morts-de-rire...

MAUVAISE FIN

C'est la grande roue qui, après avoir tourné toutes ces années sans pouvoir s'arrêter, est sur le point de se briser, emportant avec elle Marjorie et Jean-Christophe. Jubilant devant toi, le clown sourit.

Tu vas tenter d'effacer son sourire avec le feu de ton X-pow au numéro 99.

LES PAGES DU DESTIN

111 **SIOUUUM !** C'est raté…

Le clown sourit, soulève vers toi son lanceur atomique de maïs soufflé et fait feu.

POP ! POP ! POP ! POP ! POP ! POP ! POP !

Les cinq derniers points de ta ligne de vie viennent de disparaître d'un seul coup. Rends-toi au numéro 109.

112 **ZROOOOM !** WOW ! TU AS RÉUSSI À L'ATTEINDRE UNE FOIS DE PLUS ! Tu te places directement devant le clown et tu soulèves ton X-pow…

Vise avec ton livre…

Si tu rates ton coup, va au numéro 115.

Si tu réussis encore à atteindre le clown, rends-toi au numéro 103.

113 **ZROOOOM !** EN PLEIN DANS LE MILLE !

Le clown tombe sur ses genoux, puis se relève.

ZUT ! Tu te places devant lui à nouveau et tu appuies sur la gâchette de ton arme…

Vise avec ton livre…

Si tu rates ton coup, va au numéro 111.

Si tu réussis à l'atteindre, rends-toi au numéro 103.

114 **SIOUUUM !** TU AS ENCORE MAL VISÉ...

Le clown se met à rire aux éclats. Il sait maintenant que tu es à sa merci. Il pointe le canon de son lanceur atomique de maïs soufflé vers toi et tire.

POP ! POP ! POP ! **POP ! POP !** POP ! **POP !**

Les cinq derniers points de ta ligne de vie viennent de disparaître. Va au numéro 109.

115 **SIOUUUM !** C'est raté...

Le clown montre maintenant des signes d'impatience.

Il a fini de jouer avec toi. Il pointe son laser barbe à papa vers toi et tire une puissante charge de mousse.

Tu tombes à la renverse sur le sol. Cinq points de ta ligne de vie viennent de disparaître d'un seul coup. Avec difficulté, tu te relèves et tu pointes une nouvelle fois ton arme vers lui.

Vise bien avec ton livre.

Si tu rates encore ton coup, va au numéro 114.

Si tu réussis à l'atteindre, rends-toi au numéro 103.

LES PAGES DU DESTIN

À l'aide de ses bras puissants, Mongo attrape Marjorie et Jean-Christophe juste comme la grande roue s'écroule. Assis tous les trois dans la voiture-banane, vous vous laissez guider par le grand gorille, qui vous conduit rapidement jusqu'à la sortie du cirque.

Désormais hors de danger, vous regardez avec soulagement les flammes qui consument le cirque des Morts-de-rire.

Après ces retrouvailles émouvantes, tes amis et toi laissez Mongo pousser paisiblement la voiture sur la route qui va vous ramener chez vous… À SOMBREVILLE !

— Et puis ? veulent savoir Marjorie et Jean-Christophe. Nous avons été retenus prisonniers pendant trois ans. Est-ce que nous avons manqué quelque chose ? DIS ?

— Euh, pas grand-chose, les amis, leur réponds-tu. Des extraterrestres envahisseurs à combattre, un trésor protégé par des araignées tueuses, des englobeurs de l'espace déterminés à dévorer la Terre, un fou qui voulait inonder toute la planète, la routine, quoi.

FÉLICITATIONS !
TU AS RÉUSSI À TERMINER TON AVENTURE…